KRISTEN ROUPENIAN
MILKWISHES

 aufbau

KRISTEN ROUPENIAN
MILKWISHES

Storys

Aus dem Amerikanischen
von Nella Beljan

 aufbau

MIX
Papier aus verantwor-
tungsvollen Quellen
FSC® C083411
www.fsc.org

ISBN 978-3-351-03838-0

Aufbau ist eine Marke der Aufbau Verlag GmbH & Co. KG

1. Auflage 2020
© Aufbau Verlag GmbH & Co. KG, Berlin 2020

Die beiden Storys »Was wir in den Sommerferien gemacht haben« und
»Totenwache« werden hier zum ersten Mal überhaupt veröffentlicht.
Die Story »Milkwishes« wurde im August 2019
im Literaturheft des SZ-Magazins abgedruckt.
Originaltitel der Storys im Amerikanischen:
»What We Did in Our Summer Vacation«, »Wake« und
»Milkwishes« © Kristen Roupenian, 2020

Einbandgestaltung zero-media.net, München
Satz Greiner & Reichel, Köln
Druck und Binden CPI books GmbH, Leck, Germany
Printed in Germany

www.aufbau-verlag.de

Inhalt

WAS WIR
IN DEN
SOMMERFERIEN
GEMACHT
HABEN

Wir haben versucht, unseren Eltern eine Qualle aufzutischen.

Jeden Sommer haben wir ein anderes Spiel gespielt. Zum Beispiel bestand es einen Sommer darin, dass wir Dutzende Poster gemalt und die Touristen zu einem Besuch in *Das hochinteressante naturwissenschaftliche Aquarium* eingeladen haben, und wenn die Touristen dann eintrafen, haben wir ihnen direkt zehn Dollar Eintrittsgeld abgeknöpft, bevor sie bemerkten, dass *Das hochinteressante naturwissenschaftliche Aquarium* nur aus einem Plastikeimer mit ein paar Garnelen und Einsiedlerkrebsen bestand. Das Jahr davor ging es bei unserem Spiel darum, einen abendfüllenden Film namens *Der Angriff des Riesenkiller-Einsiedlerkrebses* für die Touristen zu drehen, für den wir nur 50 Cent Eintritt verlangten, um kurz vor Beginn der Vorführung zu verkünden, dass jeder mindestens zwei Limonaden trinken müsste, wobei eine Limonade zehn Dollar kostete.

In jenem Sommer, dem Sommer mit der Qualle, war unser eigentlicher Plan, ein Restaurant zu eröffnen, das wir mit köstlichen Meeresfrüchten, mit Gerichten wie frischer Flunder, knusprigen Garnelen und saftigen Muscheln zu dem sensationellen Preis von nur je einem Dollar bewerben würden, aber wenn die Touristen eintrafen, würden wir ihnen lebende Tiere, die noch auf den Tellern zappelten, servieren, und wenn unsere Gäste dann schrien, würde unsere älteste Schwester sagen »Oh, Verzeihung, das tut mir aber sehr leid, wir hier in Cape Cod essen unsere Meeresfrüchte so, ist das bei Ihnen in Texas anders? Glücklicherweise haben wir heute Abend noch ein anderes Gericht auf der Karte, und zwar Nudeln ohne alles für nur zehn Dollar.«

Wir verbrachten fast zwei ganze Regentage damit, Schilder und Speisekarten für unser Restaurant zu basteln, und dann machten wir einen Testlauf, zu dem wir unsere Eltern einluden.

So begannen und endeten die meisten unserer Spiele: Unsere Eltern kamen zu uns zu Gast und spielten die Touristen. Sie taten so, als wären sie ein bisschen verwirrt und schwer von Begriff, und manchmal ließen sie sich von uns sogar ein, zwei Dollar abluchsen.

In jenem Sommer hatten unsere Eltern allerdings nicht so gute Laune. Als wir den Teller Muscheln mit Seepockenkruste herausbrachten, hörten sie gar nicht hin, als meine Schwester mit ihrem einstudierten Monolog loslegte. Stattdessen gingen sie direkt in ein langes Lamento von Das ist so ekelhaft, das sind die guten Teller, mal im Ernst, Ihr wisst schon, dass Ihr die jetzt ordentlich schrubben müsst, über, und sie sagten, dass es statt unserer geliebten Freitags-Pizza die Spaghetti zum Abendessen geben würde, weil wir eine ganze Packung Nudeln nicht einfach so verschwenden dürften. Dann jagten sie uns von der Veranda hinunter zum Strand.

Wir waren wütend auf unsere Eltern und wollten uns dafür rächen, aber uns fiel nichts ein, und so beschlossen wir, hinunter zum Point zu laufen. In jenem Sommer wurden, vielleicht wegen der Hurrikans, die in der Nähe wüteten, einige merkwürdige Kreaturen an den Strand gespült. Zusätzlich zu den dort üblichen Tieren – Immergrün und Einsiedlerkrebse und Muscheln und winzige Garnelen – gab es Seeigel und Hufeisenkrebse und Schwertmuscheln und Sanddollar und diese seltsamen roten Käfer, die aussehen wie Mini-Hummer.

Unsere jüngste Schwester entdeckte die Qualle zuerst. »Guckt mal, Leute«, sagte sie, und zuerst wussten wir nicht, was sie meinte, und dann plötzlich sahen wir sie auch.

Die Qualle lag ausgebreitet an der Flutlinie, so groß wie einer von den guten Tellern. Von Weitem sah sie aus wie eine schillernde Luftspiegelung, die man auf der Straße sieht, über und über schimmernd und durchsichtig und leuchtend, aber als wir näherkamen, bemerkten wir, dass sie gar nicht komplett durchsichtig war: Sie war von blassrosa Streifen durchzogen, und das hätten auch gut Venen, Nerven oder Blut sein können.

Wir schmissen einen Kieselstein auf die Qualle, um sicherzugehen, dass sie tot war, und dann schickten wir unsere jüngste Schwester die Dünen hinauf, um einen Stock zu finden, mit dem wir die Qualle anstupsen könnten. Die Qualle war zäher, als sie aussah. Zuerst gab sie unter dem Druck des Stocks nach, aber als unsere älteste Schwester fester zudrückte, hörten wir ein leises schmatzendes Geräusch, plopp, und ein kleines Loch öffnete sich, aus dem eine stinkige rosafarbene Flüssigkeit heraustropfte.

Das war das Ekelhafteste, was wir je gesehen hatten. Unsere älteste Schwester fing an zu schreien und schmiss den Stock ins Meer, und dann fingen wir alle an im Kreis zu rennen und hinzufallen und so zu tun, als müssten wir sterben und uns übergeben.

»Du hast sie aufgestochen!«, sagte unsere jüngste Schwester, als wir uns etwas beruhigt hatten. »Die arme Qualle. Ich kann nicht glauben, dass du sie aufgestochen hast.«

»Die war doch eh schon tot«, entgegnete die Quallen-Aufstecherin.

»Das sieht so fies aus«, meinte unsere jüngste Schwester. »Sieht aus wie Kotze. Oder Schnodder.«

»Sieht aus wie Muschischleim«, sagte unsere älteste Schwester, und läutete damit eine weitere Runde hysterischen Umherrennens und Herumschreiens ein, die sogar noch länger als beim ersten Mal andauerte.

»Stellt euch mal vor, wir tischen das den Touristen auf«, sagte unsere jüngste Schwester, als wir fertig waren mit Schreien. »Die würden so durchdrehen.«

»Stellt euch mal vor, wir tischen das *Mama und Papa* auf«, sagte unsere älteste Schwester.

Und dann wurden wir alle ziemlich ruhig und stellten uns das vor.

Unsere jüngste Schwester sollte Wache halten bei der Qualle, damit sie nicht von den Vögeln gefressen würde, und der Rest von uns rannte zurück zum Haus, um die passende Ausrüstung zu besorgen. Als wir zurückkamen, weinte unsere jüngste Schwester, denn was, wenn die Qualle noch gar nicht tot wäre, sondern nur bewusstlos, und unsere älteste Schwester hätte sie bei lebendigem Leibe durchstochert. Unsere älteste Schwester sagte, was für ein Blödsinn, und unsere jüngste Schwester sagte, *du* bist blöd, und unsere älteste Schwester entgegnete, dass unsere jüngste Schwester vielleicht recht hätte und dass die Qualle vielleicht noch *immer* lebendig sei und wenn unsere jüngste Schwester schliefe, könnte die Qualle aus ihrer Schockstarre erwachen und ihr über das Gesicht glibbern und das würde ihr nur recht geschehen, weil sie so ein Baby sei. Unsere jüngste Schwester sagte, sie würde unseren Eltern erzählen, dass unsere älteste Schwester so gemein war und auch, dass sie eine Qualle umgebracht hatte, und unsere älteste Schwester sagte, möchtest du, dass ich dein Gesicht sofort in die Qualle hier drücke, weil ich das nämlich mache, wenn du nicht sofort aufhörst. Unsere jüngste Schwester flüsterte *Ich hasse dich* und unsere älteste Schwester sagte, Ich habe gehört, was du gesagt hast und Ist mir doch egal, ich hasse dich auch und Ich hoffe, du stirbst, das habe ich mir eh schon letztes Jahr zum Geburtstag gewünscht, und unsere jüngste Schwester gab ein sehr trauriges Wimmern von sich und wir anderen fragten uns, was eigentlich das Problem unserer ältesten Schwester war.

Dann hob unsere älteste Schwester die Qualle mit einer Schaufel auf ein Plastiksieb, und wir alle standen darum herum und schaufelten Sand auf die Qualle und schüttelten das Sieb, bis die Qualle vollständig mit Sand bedeckt war und aussah wie panierte Chicken McNuggets.

Dann ließen wir die Qualle auf eine Frisbee plumpsen und rannten zurück zum Haus, vor dem unsere Eltern in ihren Strandstühlen saßen und sich sonnten. »GENIESST EUER KÖSTLICHES ABENDESSEN!«, schrien wir und schmissen die Qualle auf unsere Mutter, aber wir trafen sie nicht. Dann rannten wir weg und flüchteten in die Dünen, wo wir uns versteckten und einen neuen Plan ausheckten für den nächsten Angriff.

Das erste Problem, das sich uns stellte, war: Was, wenn die Flut kam und die Qualle fortspülen würde, noch bevor wir sie uns zurückholen könnten? Gerade als die Flut am höchsten war, klappten unsere Eltern glücklicherweise die Strandstühle zusammen, sammelten all ihr Strandzeug ein und gingen wieder zurück ins Haus.

Die Qualle hatte während ihrer Abenteuer ein paar Blessuren erlitten. Jetzt quoll noch mehr von der stinkigen Flüssigkeit aus ihr heraus, und sie war mit einer schmutzig-verkrusteten Linie überzogen, die wir nicht einmal durch starkes Bürsten von ihr abbekamen, aber dabei schälte sich ein faustgroßes Stück vom Rest des Körpers ab und fiel herunter. Das war so dermaßen ekelhaft, dass wir alle aufhören wollten, aber unsere älteste Schwester überzeugte uns davon, dass es etwas Gutes hatte, dass das mit der Qualle so ekelig war, denn dann würde es noch widerlicher sein, sie zu essen. Sie erinnerte uns daran, wie gemein unsere Eltern den ganzen Sommer über zu uns gewesen waren, und sie sagte, wenn wir nicht etwas wirklich Schlimmes unternehmen würden, um sie zu bestrafen, würden sie das nie verstehen und uns noch schlechter behandeln. Danach einigten wir uns darauf, weiterzumachen, aber keiner von uns wollte die Qualle anfassen, also zog unsere älteste Schwester ihr T-Shirt aus, das sie zum Schutz vor der Sonne trug, und wickelte die Qualle darin ein, so dass wir sie ins Haus schmuggeln konnten.

Als wir hineinkamen, lenkte unsere jüngste Schwester unsere Eltern ab, indem sie so tat, als müsste sie weinen, während unsere älteste Schwester sich ins Schlafzimmer schlich und die Qualle unter dem Kissen unserer jüngsten Schwester versteckte. Dann mussten wir uns alle aufs Sofa setzen und uns eine Standpauke darüber anhören, Was wir nicht anfassen, warum wir nicht über die Stränge schlagen dürften, was noch als Streich durchging, und übers regelmäßige Händewaschen. Dann sagten unsere Eltern, wir müssten jetzt duschen und dürften später keine Filme mehr gucken, weshalb wir normalerweise wütend geworden wären, aber wir dachten, dass wir nach dem, was wir zum Abendessen geplant hatten, vermutlich sowieso nie wieder Filme gucken dürften.

Nachdem sie mit ihrer Standpauke fertig waren und wir unter die Dusche mussten, gingen unsere Eltern im Wohnzimmer ein Bier trinken. Wir brachten unsere jüngste Schwester dazu, wieder Wache zu halten, dieses Mal, um die Katze davon abzuhalten, die Qualle zu fressen, denn die war total wild darauf. Schließlich begann unsere jüngste Schwester wieder zu weinen und beschwerte sich, dass die Katze sie gekratzt hätte, also sperrten wir die Katze im Bad ein und hofften, dass unsere Eltern nicht bemerken würden, dass die Katze fehlte, bis es zu spät war.

Zum Abendessen gab es Nudeln ohne alles, so, wie es unsere Eltern angekündigt hatten. Auch wenn wir alle frisch geduscht waren und die Qualle weit weg im Schlafzimmer war, hörten unsere Eltern nicht auf, in der Luft herumzuschnuppern und zu sagen »Was *ist* das?« und unsere jüngste Schwester bekam nicht einmal Ärger, als sie sagte, das sei vermutlich der Körpergeruch unserer ältesten Schwester.

Um genau 18 Uhr entschuldigte sich unsere älteste Schwester wie geplant, um angeblich im Bad zu verschwinden, und dann schrie sie aus dem Flur »Oh, mein Gott, Mama, Papa, kommt schnell her, ihr werdet nicht glauben, was die Katze angerichtet hat!«, und als sie in den Flur rannten, sprang der Rest von uns auf, rannte rasch ins Schlafzimmer, schnappte sich die Qualle und brachte sie zurück in die Küche.

Wir kippten Mamas Nudeln auf den Tisch, legten die Qualle auf ihren Teller und packten dann die Nudeln oben drauf, so dass es so aussah, als würde die Qualle eine Perücke tragen. Dann streuten wir eine ordentliche Portion Parmesankäse darüber.

Als unsere Eltern aus dem Flur zurückkamen, saßen wir unschuldig auf unseren Plätzen. Unsere Eltern waren so damit beschäftigt, mit unserer ältesten Schwester zu schimpfen, weil sie so ein Theater gemacht und wegen der Katze gelogen hatte, dass sie zuerst gar nicht bemerkten, dass irgendwas nicht stimmte. »Nein, jetzt aber mal wirklich, Carol, was *stinkt* denn hier so?«, fragte Papa schließlich, aber Mama war so mit ihrer Strafpredigt beschäftigt, dass sie ihn ignorierte, stattdessen nach ihrer Gabel griff, beherzt in die Nudelqualle hineinstach und begann, sie auf der Gabel aufzudrehen.

Genau in dem Moment, als sie die Gabel zum Mund führte, verlor unsere jüngste Schwester die Nerven. »Nein!«, schrie sie. »Nein, Mama, nein!«

Unsere älteste Schwester wurde feuerrot.

»Halt die Klappe!«, schrie sie unsere jüngste Schwester an. »Halt die Klappe, halt die Klappe, halt die Klappe, du machst alles kaputt!«

»So sprichst du nicht mit deiner Schwester!«, rief Papa.

»Du kannst mich mal so was von, Papa!« schrie unsere älteste Schwester, und unser Vater machte einen Satz zu ihr herüber, um ihr eine zu scheuern, aber weil sie sich duckte, erwischte er stattdessen ein Glas Milch, das umfiel, während die Katze auf den Tisch sprang und sich ein Stück von der Qualle schnappte, und das war der Moment, in dem Mama schließlich begriff, was am anderen Ende ihrer Gabel hing, und sich über ihren Teller erbrach.

Wir brauchten alle Monate, um uns davon zu erholen.

Unsere Eltern waren länger sauer auf uns, als wir es je erlebt hatten. Morgens begegneten sie uns mit einem Stirnrunzeln und tagsüber sprachen sie nur mit uns, um zu sagen, Mach dies, Mach jenes und Das ist nicht witzig und Weisst du nicht mehr, was das letzte Mal passiert ist. Fernsehen war im Grunde auf ewig gestrichen und Filme gucken für noch viel länger. Unsere älteste Schwester musste mit einer Therapie anfangen, von der unsere Eltern behaupteten, sie sei keine Strafe, aber natürlich kaufte ihnen das keiner ab.

Unsere jüngste Schwester hatte auf einmal Schlafstörungen. Sie sagte immer wieder, dass ihr Bett nach Qualle stinke. Unsere Eltern wechselten die Laken und drehten die Matratze herum, aber es half nichts. Sie wachte fast jede Nacht von Alpträumen geplagt auf, in denen sie die Qualle aß, und ihr der Schleim die Kehle hinabbrann, während die sandige Panade zwischen ihren Zähnen knirschte.

Ungefähr zu Schulbeginn kehrten wir schließlich zu unserem normalen Alltag zurück. Unsere älteste Schwester bekam ein Medikament, das sie weniger gemein machen sollte, und unsere jüngste Schwester ein neues Bett. Und endlich sagten unsere Eltern zum ersten Mal seit der Sache mit der Qualle, dass wir einen Film gucken und Pizza bestellen dürften. Wir duschten ohne Aufforderung und schlüpften in unsere Schlafanzüge, und als unsere jüngste Schwester sagte, sie fürchte sich, Filme zu schauen, die erst ab 12 freigegeben sind, ärgerte sie unsere älteste Schwester nicht, sondern las einfach weiter ihr Buch.

Lange war es nicht mehr so schön gewesen, als der Pizzabote klingelte. Unsere Eltern baten uns, den Tisch zu decken und schon mal die Milch einzuschenken, während sie die Pizza holten.

»Juhu, rief unsere kleinste Schwester. »Pizza, Pizza, ich liebe Pizza.«

»Oh, Pizza, was habe ich dich vermisst«, sagte unsere älteste Schwester.

Unsere Mutter kam mit dem Pizzakarton herein. Fast stolperte sie über die Katze, die um ihre Beine herumstrich.

»Zeit für Pizza!«, sagte sie, und alle applaudierten.

»Freut ihr euch schon?«, fragte unser Vater. »Hebt die Hand, wenn Pizza euer Lieblingsessen ist.«

Alle von uns hoben die Hand, bis auf unsere jüngste Schwester. Sie blickte auf den Tisch und errötete. »Nudeln mit Käse«, flüsterte sie.

»Wusstest du, dass es in New York ein Restaurant gibt, das Nudeln-mit-Käse-Pizza serviert?«, fragte unsere älteste Schwester. »Sie packen die Nudeln mit Käse einfach auf die Pizza drauf. Ich wette, wenn du das probieren würdest, wäre Pizza auch dein Lieblingsessen.«

»Das stimmt vielleicht!«, sagte unsere jüngste Schwester und hob nun auch die Hand.

Mama stellte den Pizzakarton auf dem Tisch ab.

»Warte mal kurz«, sagte unsere älteste Schwester. »Was habt ihr auf die Pizza drauf bestellt?«

»Nur das, was ihr Kinder am liebsten mögt«, sagte Mama.

»Anchovis?«, fragte unsere älteste Schwester misstrauisch. »Ihr wisst, dass keiner von uns Anchovis mag.«

»Keine Anchovis«, sagte Mama. »Etwas viel Besseres.«

»Seid ihr sicher? Es riecht echt ganz schön doll nach Anchovis.«

»Ich mag den Geruch nicht«, sagte unsere

jüngste Schwester. »Es riecht gruselig.« Sie begann zu weinen.

»Kein Heulen am Pizzaabend«, sagte Mama. Papa öffnete den Pizzakarton.

»Na, macht schon«, sagten sie lächelnd. »Genießt euer köstliches Abendessen!«

TOTENWACHE

Eh ich verloren bin,
muss die Hölle aufspringen wie eine rote Rose,
die Toten vorbeizulassen.
H. D., Eurydike

Aaron versucht, Tara aus ihrem Alptraum, lebendig begraben zu sein, zu wecken. Sie kickt mit den Füßen gegen die Decke und gibt ein würgendes Wimmern von sich.

»Mein Liebling«, sagt er, als er sich zu ihr hinüberbeugt. »Alles ist gut. Das ist nur ein Traum.« Er berührt ihre Schulter, und sie macht die Augen auf. Er tastet nach seiner Brille. »Ich werde dir eine warme Milch bringen«, sagt er zu ihr. Das ist nicht der erste Alptraum dieser Art, und zunächst glaubt er zu wissen, wie er sie beruhigen kann.

»Kannst Du mich hören?«

»Was?«, antwortet er schläfrig. »Natürlich kann ich dich hören. Ich sagte, ich bringe Dir – «, und dann beginnt sie zu schreien, und er stürzt zur Nachttischlampe und als das Licht an ist, sieht er, dass ihre Arme verdreht und gegen die Brust gepresst sind, die Handflächen weit gespreizt, als würde sie versuchen, sich gegen etwas zu stemmen, ihr Gesicht ist vor Angst verzerrt.

»Aaron!«, ruft sie. »Aaron, ich bin hier, wo bist du?«

Er schnappt sie und schüttelt sie heftig. Ihr Kopf fällt auf das Kissen zurück und für einen furchtbaren Moment starrt sie ihn an, vollkommen ausdruckslos, bis ihr Blick wieder klar wird und sie sich schluchzend in seine Arme wirft.

»Es war so furchtbar«, flüstert sie, ihre Tränen benetzen seine Brust. »Ich habe geträumt, und dann bin ich aufgewacht und es war dunkel und ich war allein und ich konnte hören, dass du nach mir gerufen hast, aber du warst so schrecklich weit weg ...«

»Es tut mir so leid«, sagt er, während er sie noch näher an sich heranzieht und sein Gesicht in ihren Haaren vergräbt. »Ich weiß, ich weiß, es tut mir so leid.«

Am nächsten Tag gehen sie sehr liebevoll miteinander um. Er macht ihr Frühstück, und sie laufen zum Pier, beobachten die Boote, deren Segler mutig der Winterkälte trotzen. Wenn sie friert, legt er seinen Arm um sie, und sie schmiegt sich zitternd an ihn. An diesem Abend bleiben sie lange auf, und drängen sich unter der Wolldecke dicht aneinander, während der Wind um das Haus heult. Als sie auf der Couch einschläft, macht er den Film aus und trägt sie ins Bett. Sie sieht friedlicher aus als seit Monaten, aber nur ein paar Stunden später wird sie wieder schreiend erwachen.

Dieses Mal dauert der Zeitraum zwischen dem Öffnen der Augen bis hin zu dem Moment, in dem sie von ihrem Traum erlöst wird, elende fünf Minuten – lang genug, dass ihm ihre Hände auffallen, die wie Klauen in der Luft über ihrem Gesicht zu kratzen scheinen; ihre wachsweiße Haut, ihr ersticktes Keuchen. Als er sie berührt, erschaudert sie und windet sich aus seinem Griff, während sie irgendetwas von Händen jammert, und so geht er panisch im Zimmer auf und ab, hilflos angesichts ihrer Qualen. Er versucht, darüber nachzudenken, wen er anrufen und um Hilfe bitten könnte, als sie endlich aufspringt, nach Luft schnappt und ins Bad rennt, um sich zu übergeben.

Sie sitzen einander gegenüber am Küchentisch, als die Sonne aufgeht. Er versucht sie zu überreden, Dr. Margulies zu kontaktieren, ihren gemeinsamen Therapeuten, aber Tara wehrt sich. Sie hasst Dr. Margulies. Sie denkt, er möchte, dass sie Aaron Vorwürfe macht wegen der Entscheidung, die getroffen wurde in den Stunden, nachdem sie Lily verloren hatten, während sie darauf besteht, dass sie das nicht tut. Aaron sieht das ein bisschen anders – er glaubt, Dr. Margulies möchte, dass Tara zur Kenntnis nimmt, dass er sich selbst schwere Vorwürfe macht, aber es ist unmöglich, mit ihr zu streiten. Sie einigen sich darauf, dass Tara ihren Hausarzt anruft, Dr. Adams, der ihnen sofort einen Termin in seiner Praxis gibt.

Dr. Adams geht Taras Medikamente durch – Citalopram gegen Depressionen, Clonazepam gegen Angststörungen, Eszopiclon gegen Schlafprobleme – und versucht herauszufinden, ob es unerwartete Nebenwirkungen gibt. Auch wenn

Dr. Adams sich Sorgen um Tara macht, hat Aaron das Gefühl, dass sie ihm nicht das ganze Ausmaß des Schreckens vermitteln können – Taras unnatürlich verdrehter Körper, ihr beängstigendes Murmeln über Särge und Hände und Erde. Als Dr. Adams von einem bösen Traum spricht, unterbricht ihn Aaron und sagt, »Das war nicht nur ein Traum – sie *konnte mich hören.* Ich habe gesprochen und sie konnte hören, wie ich nach ihr rief.« Tara nickt zustimmend, aber der Arzt brummt nur etwas von der feinen Grenze zwischen Schlaf und Wachsein und widmet sich weiter dem Medikamentencocktail, der ihm das einzige probate Mittel gegen Taras unbändig wilden Kummer scheint.

Als sie gehen, sagt Aaron, »Wir müssen darüber sprechen. Über das, was es zu bedeuteten hat.«

Taras Miene verdunkelt sich. »Nein«, erwidert sie. »Es war ein Alptraum. Es hat überhaupt nichts zu bedeuten«, und als er versucht, noch etwas zu sagen, bleibt sie stehen, umarmt ihn fest und küsst ihn heftig auf den Mund.

Am Abend führt er sie in ihr Lieblingsrestaurant aus, das mit einer riesigen Glasfront ausgestattet ist, die den Blick freigibt auf das tosende Meer. Sie trägt ein blaues Kleid und knallroten Lippenstift, ihr dunkles Haar fällt schwer über ihre Schultern. Sie essen frisches, knuspriges Brot und Muscheln in Gemüsesud, und als sie wieder zu Hause ankommen, kickt Tara ihre Schuhe von den Füßen und springt in seine Arme.

Spätnachts verbringt er drei Stunden damit, sie anzuschreien und zu schütteln, um sie wieder zur Besinnung zu bringen, er leuchtet ihr mit einer Taschenlampe direkt ins Gesicht, kneift ihr in den Arm, er schluchzt und bettelt sie an, ihn anzusehen, bis er den Notruf wählt und der Krankenwagen kommt und sie wegbringt.

Es gibt nur ein Krankenhaus in ihrer Kleinstadt auf Cape Cod, und als sich die Türen der Notaufnahme öffnen, wird Aaron von Erinnerungen überwältigt: Dort ist der Tisch, an dem er sah, wie sich der Gesichtsausdruck der Krankenschwester von gelangweilt zu schockiert bis hin zu unverhülltem Grauen verwandelte; die jetzt blütenweiße Fliese, damals blutverschmiert; dort, der Raum, in dem ein Arzt, den er noch nie zuvor gesehen hatte und auch nie wiedersehen würde, ihm mit ruhiger Stimme mitteilte, was passiert war und ihn um eine Entscheidung bat.

Während er darauf wartet, dass er Tara sehen darf, geht er hinaus auf den Parkplatz, um Taras Mutter anzurufen. Sein Atem bildet im Morgengrauen kleine Nebelschwaden. Von den obersten Stockwerken des Krankenhauses aus kann man die Bucht sehen, und selbst hier tummeln sich Möwen über seinem Kopf, schwarze Striche vor dem zum Tag reifenden Himmel.

Taras Mutter geht beim ersten Klingeln ans Telefon, und bevor Aaron zu Ende erklären kann, was passiert ist, ist sie schon zur Tür raus. Er weiß aus Erfahrung, dass sie mit Taras drei Schwestern im Schlepptau auftauchen wird, und er bemerkt viel zu spät, dass er darauf hätte bestehen sollen, dass der Krankenwagen Tara egal wohin bringt, nur nicht hierher. Es sind nicht nur die Erinnerungen, die ihn plagen, und das

Gefühl, dass er zurück in einen Traum gezerrt wird, von dem er dachte, dass er schon längst daraus hat erwachen dürfen. Für Tara ist dieser Ort ein obszöner Friedhof, ein Leichenhaus; der eine Ort, an den sie nie wieder freiwillig hätte zurückkehren wollen.

Tara liegt im Bett, eine schlaffe Gestalt unter den steifen weißen Laken. Die Ärzte haben sie mit Psychopharmaka vollgepumpt, und die weichen Innenseiten ihrer Arme sind übersät mit Stichen und blauen Flecken. Bei ihrem Anblick möchte Aaron am liebsten sofort loswimmern, aber stattdessen schnappt er sich einen Stuhl, schiebt ihn neben Taras Bett und während er mit ihr spricht, streicht er ihr liebevoll über das Haar.

Kurz darauf kommen Taras Mutter und ihre Schwestern ins Zimmer, und Aaron erzählt ihnen, was er weiß. Er erklärt, dass Tara so wirkte, als sei sie bei Bewusstsein und wie sie mit ihm kommunizierte, und dennoch gefangen war in dem Alptraum, bei lebendigem Leibe begraben zu sein. Wie die Ärzte versuchten, sie da herauszumedikamentieren, aber als gar nichts mehr zu helfen schien, sie mit Chlorpromazin vollpumpten und ins künstliche Koma versetzten. Wie sie sagten, wenn Tara aufwachte, wären die Wahnvorstellungen vielleicht weg, aber sicher könnte man sich da nicht sein.

Es ist schwer, die Geschehnisse in Worte zu fassen, und als Taras Mutter das alles hört, zuckt sie zusammen und stürzt aus dem Raum. Zwei von Taras Schwestern folgen ihr, so bleibt ihre älteste Schwester allein mit Aaron zurück.

»*Begraben*«, sagt die Schwester, die Stimme brüchig vor Ungläubigkeit.

»Ich weiß.«

Er will noch mehr sagen, als Taras rechte Hand zuckt und ihre trockenen Lippen sich öffnen.

»Liebling«, sagt er. »Alles ist gut. Wir sind hier bei dir.«

»Aaron«, flüstert sie. Ihre Augenlider flattern, sie dreht sich in die Richtung, aus der seine Stimme kommt; die Hände fliegen zu ihrem Gesicht, hämmern gegen eine unsichtbare Wand, und dann fängt sie wieder an zu schreien.

Die Kiste, in der sie liegt, ist zwei Meter lang, einen Meter zwanzig breit und sechzig Zentimeter hoch. Die Ecken sind mit weichem, seidigem Stoff ausgeschlagen, aber der Deckel ist aus Metall, und ganz starr und kalt. Ganz egal, wie sehr sie auch dagegen hämmert, kratzt und tritt, er lässt sich nicht öffnen, und doch kann sie nicht damit aufhören – sie hämmert, tritt und kratzt, bis ihre Finger blutig sind. Sie trägt ein Spitzenkleid und ist barfuß und unter ihrem Kopf befindet sich ein Kissen, das nach Lavendel riecht. Sie kann hören, wie draußen Menschen nach ihr rufen, mit ihr sprechen, sie anflehen, wach auf, wach auf, bitte, bitte, wach auf. Aber sie ist schon wach. Sie ist wach und gefangen und hilflos, und sogar, als sie hört, dass die Leute insistieren, dass alles gut sei, dass sie in Sicherheit sei, werden die Stimmen immer leiser angesichts eines anderen Geräusches: immer mehr Erde landet Schaufel für Schaufel auf dem Grabdeckel über ihrem Kopf.

Das sind die Einzelheiten, die Aaron während der Ruhepausen zwischen ihren Anfällen herausfiltern kann, denn sie können noch immer miteinander sprechen, auch wenn sie immer wieder panisch erklärt, dass seine Stimme leiser wird, und dass endlos viel Erde wie feuchter Regen auf den Sarg niederprasselt und sie darin einschließt. Die Ärzte experimentieren mit allerlei Medikamenten, so dass sie oft durcheinander und verwirrt ist, und Träume innerhalb der Träume hat, aber so, wie Aaron es einschätzt, kann keines der Medikamente die Enge der Kiste, in der sie sich gefangen fühlt, aufheben.

Es ärgert Aaron, dass die Ärzte den Details ihrer Wahnvorstellungen keine Beachtung schenken. Sie ignorieren ihn, wenn er ihnen sagt, dass sie Tara nicht anfassen sollen, weil sie jede Berührung als unerklärlich, angsteinflößend und übergriffig empfindet, als würden kalte, unsichtbare Hände sie betatschen und begrapschen. Er gerät in eine körperliche Auseinandersetzung mit einer Krankenschwester, die eine Ernährungssonde legen möchte – angesichts dessen, wie Tara die Infusion in ihre Wahnvorstellungen eingebaut hat (*Da passiert irgendwas an meinem Arm, es tut weh. Mein Arm fault mir ab, ich glaube, das sind Maden, in meinem Arm kriechen Würmer, hilf mir, Aaron, bitte)*, kann er sich nicht vorstellen, wie sie das erst ertragen sollte.

Die Ärzte bleiben hartnäckig dabei, ihre Wahnvorstellungen auf organische Ursachen zurückzuführen, als Erkrankung des Gehirns, die nur medikamentös zu behandeln ist oder mit der Zeit abklingen wird. Sie bleiben auch skeptisch, als Aaron zögerlich erwähnt, was Tara vor eineinhalb Jahren passiert ist, und sie stellen dazu keine weiteren Fragen, nicht mal, als Taras Mutter am Krankenbett ausrastet und mit den Worten, *Du, du bist Schuld an all dem, das ist alles nur deinetwegen passiert*, schreiend auf Aaron stürzt.

Draußen, vor dem Krankenhaus, geht die Sonne unter, sie geht wieder auf, sie geht wieder unter. Der Schnee schmilzt. Draußen halten die Jahreszeiten Einzug, aber drinnen sind die einzigen Hinweise darauf, wie die Zeit vergeht, die Verletzungen, die diese Tortur auf Taras Körper hinterlassen: die roten Druckstellen, die an ihrem Rücken und Oberschenkeln blühen; ihr

Haar, das brüchig wird, und büschelweise aus-
fällt; ihre Haut, die sich wie die Gezeiten vom
Strand zurückzieht und sie jeden Tag noch kno-
chiger wirken lässt.

Als es März ist, werden Taras Gedanken immer inkohärenter. Es ist wie ein Segen; drei Monate dieser Qualen sind mehr, als ein Mensch je
ertragen sollte. Von Woche zu Woche verbringt
Tara weniger Zeit mit Schreien. Sie spricht mit
sich selbst. Sie spricht mit ihrem toten Vater, mit
Aaron, mit Lily. Manchmal singt sie.

Im Mai schwärmen die Beschwerden, die
Bettlägerige oft befallen, wie eine Heuschre-
ckenplage über ihren geschwächten Körper her:
Die Druckstellen vom Wundliegen entzünden
sich und werden immer schlimmer; eine Lun-
genentzündung martert sie, und dann sammelt
sich ein Blutgerinnsel in ihrem mittlerweile
kümmerlichen Bein und verliert sich in ihrem
Blutkreislauf. Dadurch erleidet sie einen Schlag-
anfall, und nur hohe Dosen Heparin retten sie,
ihr Kreislauf stabilisiert sich wieder, aber all die
ärztlichen Eingriffe fordern schmerzhaften Tri-
but, und danach fällt es Aaron schwer, das blasse,

skelettartige Etwas dort auf dem Krankenbett mit der strahlenden Frau in Verbindung zu bringen, die einst seine Frau war. Aaron kommt der Gedanke, dass, wenn Taras Wahnvorstellungen tatsächlich real wären, und sie wirklich in einer Kiste unter der Erde gefangen wäre, der Tod sie nun bereits von den Qualen befreit hätte. Er versucht, nicht zu viel darüber zu grübeln, aber im Juni denkt er fast jeden Tag, sobald er das Zimmer betritt, dass der Tod eine Erlösung wäre.

Kurz nach dem Schock mit dem Blutgerinnsel läuft Taras Krankenversicherung aus und die Ärzte behaupten, dass ihr Zustand zwar kritisch, aber stabil sei, und sie schlagen vor, dass Tara in ein Pflegeheim für Psychiatriepatienten kommt, das auf Langzeitpflege spezialisiert ist. Das ist Taras siebter Monat in der Klinik. Beim letzten Mal waren sie nur sieben Tage hier. Mittlerweile haben die neueren Erinnerungen angefangen, die alten zu überlagern, aber hin und wieder stellt sich Aaron einem Bild, Geräusch oder Geruch seiner Erinnerung, das ihn weidwund zurücklässt, so dass er sich an der Wand festhalten muss. Aber manchmal, wenn er in Taras Zimmer zurückkehrt, fällt ihm auf, dass er immer mehr über Lily spricht, und zwar so, wie nie zuvor: wie er sich eine Zukunft für sie ausmalt, sich vorstellt, was sie wohl für ein Mensch geworden wäre.

Auch wenn die Ärzte jedes Gespräch damit beginnen, sich vorzustellen und zu fragen, »Tara, wissen Sie, wo Sie gerade sind?«, hat Aaron es am Ende des Frühlings aufgegeben, Tara mitzuteilen, dass das, was sie sieht, fühlt und riecht, nicht real ist. Es führt ja zu nichts; es regt sie nur auf, und manchmal denkt er, es stimmt nicht einmal, der Sarg ist genauso echt wie alles andere in ihrer Welt. Stattdessen spricht er mit ihr über ihr gemeinsames Leben – das Haus, das Boot, den Garten – und sie antwortet ihm flüsternd und scheint beruhigt. Während einer dieser Gespräche bemerkt er, dass sie denkt, sie sei tot und er sei an ihr Grab gekommen, um sie zu besuchen. Langsam taucht er in ihre Wahnvorstellungen mit ein, beschreibt den Geruch des frisch gemähten Rasens zu seinen Füßen, den Strauß Margeriten, den er ihr mitgebracht hat, den strahlenden, wolkenlosen Himmel.

Und dann ist es Juli, Lilys Geburtstag. Am Morgen geht er in ihr Schlafzimmer und sucht Taras Telefon. Er schaltet es ein und scrollt durch ihre Bilder, bis er das Foto von Lily findet, das Tara aufgenommen hat. Er nimmt das Telefon mit an ihr Krankenbett, und als er ihr sagt, dass er es dabeihat, spannen sich ihre Lippen über den Zähnen zu einem gruseligen Lächeln. »Erzähl mir davon«, flüstert sie heiser, »erzähl mir, wie sie aussieht«, und das macht er. Tara hat immer geschworen, was für ein schönes Bild es sei, und jetzt, endlich, kann er sehen, dass es die Wahrheit ist: Lilys Gesicht ist sehr hell, fast durchscheinend, aber perfekt, und in einer Ecke des Fotos kann man ein Stück vom leuchtend blauen Meer sehen.

Tara schließt die Augen. »Ich vermisse dich. Ich vermisse Lily. Es ist so dunkel hier. Ich war so lange in dieser Dunkelheit, ich fange schon an zu vergessen, wie sie aussieht.« Ihr Körper beginnt zu zittern; sie beginnt zu weinen, auch wenn ihre Augen schon längst alle Tränenflüssigkeit vergossen haben. »Ich vermisse sie so sehr. Ich möchte raus aus der Dunkelheit.«

Es reicht. Aaron kniet sich neben ihr Bett. Er sagt ihr, dass er sie aus der Kiste befreien kann, aber dass sie ihm vertrauen muss, und dann sagt er ihr, was sie dafür tun muss.

Das Solosegeln am Sonntagmorgen war Taras Ritual; seitdem sie zwölf war, fuhr sie allein mit dem Boot hinaus. Ihr Arzt, ein älterer Herr, der ganze Generationen von Neuengländerinnen erlebt hat, die während ihrer Schwangerschaft besessen waren vom Wasser, hatte ihr das bis zum Ende des zweiten Trimesters erlaubt, was bedeutete, dass sie nur noch eine Woche hatte, bis Aaron sie auf dem Boot begleiten würde; an dem Tag brachte er sie zum Dock und winkte ihr zum Abschied. Sie nahm ihr Telefon mit, und versprach, in Sichtweite zu bleiben. Später hätte er ihr vorwerfen können, dass sie dieses Versprechen gebrochen hatte, wenn sie ihm nicht so viel mehr hätte vergeben müssen.

»Wie viele Stufen von deinem Bett bis zur Tür?«

»Ich kann mich nicht daran erinnern!«

»Alles gut. Shhhh, mein Herz, ich bin hier. Es sind 17. Welche Farbe hat die Wand?«

»Aaron … «

»Du schaffst das.«

»Die Wand – du hast gesagt, sie ist blau.«

»Das ist richtig. Sie ist blau. Gibt es ein Fenster im Zimmer?«

»J-ja.«

»Mehr als eines?«

»Zwei?«

»Gut! Was kannst du sehen?«

»Ich kann aus einem … den Parkplatz sehen. Von dem anderen sehe ich das Meer.«

»Gut. Wieviele Stufen sind es von hier bis zur Tür?«

Als die Krankenschwester das Zimmer betritt, sitzt Tara aufrecht im Bett. Ihr Haar ist gekämmt. Ihr Gesicht frisch gewaschen. »Ich fühle mich heute viel besser«, flüstert sie. Als die Ärzte kommen, gibt sie zu, dass ihr Augenlicht noch nicht gänzlich wiederhergestellt ist, dass sie immer noch Dinge am Rande ihres Sichtfeldes wahrnimmt, und dass das Essen immer

46

noch falsch schmeckt, auch wenn sie es schafft, den Löffel Apfelkompott, den Aaron ihr reicht, hinunterzuwürgen. Mechanisch beantwortet sie die Fragen mit ihrer vom Schreien gepeinigten Stimme. Ihr Name ist Tara Montalvo. Sie ist jetzt seit etwas mehr als acht Monaten im Kranken- haus. Ihr Ehemann, Aaron Montalvo, sitzt neben ihr und hält ihre Hand.

Sie brauchen Tage, um die Ärzte davon zu überzeugen, sie nach Hause zu lassen. Als Aaron sie endlich zum Auto führt und sie anschnallt, lässt sie sofort die Fassade fallen und bricht zu- sammen, würgt und zittert, wischt sich den Dreck aus dem Gesicht und spuckt Erde aus, und reißt sich unsichtbare Würmer aus den Ar- men. Aaron fährt so schnell er kann nach Hause und trägt sie auf die Wiese, wo er sie absetzt, so dass sie in der Sonne im Gras liegen kann.

Fünf Stunden nach ihrem Aufbruch, als er bereits völlig außer sich war, rief sie ihn vom Boot aus an, schon fast bewusstlos, und er rief den Krankenwagen und wartete am Dock, bis er eintraf. Die Minuten zwischen seiner Ankunft und dem Auftauchen des kleinen weißen Segelboots in seinem Sichtfeld waren die längsten seines Lebens, und als er Tara aus dem Boot hob, sah er die dunkle Blutspur vorne auf ihrem Kleid. Er wusste – er musste es wissen – dass sie etwas in ihren Armen trug, aber seine Erinnerungen an die Docks, an die Ankunft des Krankenwagens, und wie sie in der Notaufnahme landeten, sind in tausend Scherben zerborsten. Sie lassen sich nicht mehr zu einem vollständigen Bild zusammenfügen, ganz egal, wie sehr er auch in sich dringt, ganz egal, wie sehr er sich auch bemüht. Alles, woran er sich erinnern kann, ist dies: Er ging in das Krankenhaus, und sie nahmen sie ihm weg. Sie verschwand in einem Netz aus Händen und Kabeln und piepsenden Maschinen, und bevor sie sie ihm zurückgaben, führte ein Mann, den er noch nie zuvor gesehen hatte, ihn in einen leeren Raum und verlangte von ihm, eine Entscheidung zu treffen.

»Wo sind wir?«, fragt sie ihn.

»Wir sind zu Hause«, antwortet er ihr. Er beschreibt ihr alles, was sich seit ihrer Abwesenheit verändert hat: die Steinmauer, die nach einem späten Winterfrost bröckelig wurde und Risse bekommen hat; die zwölf Meter hohe Kiefer, die Mitte März während eines Sturms in den Garten gefallen ist; die Art, wie er den Rasen vernachlässigt hat, so dass der gesamte Garten von Löwenzahn und Klee überwuchert ist. Er kann nicht einschätzen, welche Realität die Überhand hat – ob sie beschlossen hat, ihm entgegen ihrer eigenen Wahrnehmung zu glauben, oder ob sie denkt, dass sie sich noch immer in ihrem Grab befindet und dankbar ist für die Geschichten, die er ihr erzählt – aber wie auch immer, sie hört ihm zu und lächelt.

»In Situationen wie diesen«, erläuterte der Arzt Aaron, ist es den Eltern überlassen, alle relevanten Entscheidungen zu treffen. Sie können sich selbst um die sterblichen Überreste kümmern, oder das Krankenhaus kann sich für Sie darum kümmern.« Der Arzt sagte das so gütig, dass Aaron, ohne einen anderen Gedanken fassen zu können, als dass er sich um Tara kümmern musste, dankbar war, dass zumindest diese Last von seinen Schultern genommen wurde. »Ja«, sagte er, bitte kümmern Sie sich für uns darum.«

Sie verbringen den ganzen Tag gemeinsam und liegen im Gras. Er erzählt ihr von den Stauden, die wild im Garten wuchern: die Goldrute, die Iris, der Lavendel und der Phlox. Er erzählt ihr von den Hummeln, die heftig um sie herumschwirren, und von dem Flugzeug über ihren Köpfen, das einen langen, geraden Kondensstreifen in den Himmel zieht. Er beschreibt ihr die warme Luft, die voller Pollen ist. Er erzählt ihr, wie die Sonne untergeht und die Schatten länger werden. Er beschreibt den Himmel, wie er erst blau, golden, tiefblau, und dann grau wird.

Er hätte es nicht besser wissen können – das ist, was Tara ihm gesagt hat, und er wäre beinahe daran zerbrochen, als er versuchte, ihr zu glauben. Noch Tage später, bis es zu spät war, dämmerte Tara vor sich hin, unfähig, ihre Geschichte zu erzählen. Erst als sie erwachte, hatte er erfahren, dass die Ärzte sich geirrt hatten. Es war keine Fehlgeburt. Als Tara in dem schaukelnden Boot saß, umgeben von dem weiten Horizont aus Himmel und Meer, hielt sie ihre Tochter, die nur kurz lebte, in den Armen und gab ihr ihren

Namen. Eine Tochter mit durchsichtiger Haut, und kleinen Fingern, die schon greifen konnten, einer zarten Brust, die sich beim Atmen hob und senkte. Tara hatte sie Lily genannt, und hielt sie in den Armen, als sie starb, und war dann, mit unfassbarer Kraft, zurück an die Küste gesegelt. Sie hatte die Leiche ihrer Tochter zu Aaron gebracht, der sie beschützen sollte, aber Aaron – halb verrückt vor Angst und ohne von seiner Aufgabe zu wissen, war sie verloren gegangen. *Ja*, sagte er, *bitte kümmern Sie sich für uns darum,* und so verschwand Lilys Körper in einem Krematorium im Keller, und verbrannte zusammen mit Abfall und Nadeln und anderen unliebsamen Dingen, und als Tara erwachte und ihre Arme nach ihrer Tochter ausstreckte, hielt Aaron nichts in den Händen, was er ihr hätte geben können.

Als es vorbei ist, geht Aaron hinein und ruft eigenhändig die Polizei an. Nachdem sie erfahren haben, was passiert ist, gehören Taras Mutter und ihre Schwestern zu seinen lautstärksten Unterstützerinnen, und einer der Ärzte möchte sogar für ihn aussagen. Aber Tara war weder sterbenskrank noch zurechnungsfähig, und so gibt es kein Gesetz, auf das sie sich bei seiner Verteidigung berufen könnten. Bald wird er für lange Zeit in einer Zelle weggesperrt werden, aber er ist noch lange genug auf Kaution draußen, so dass er zu ihrer Beerdigung gehen kann, und am Tag nach der Messe nimmt er ihr Segelboot mit in die Bucht.

Der einzige Streit, den Aaron und Tara je wegen Lilys Tod hatten, war nicht wegen der Beerdigung. Sondern wegen des Fotos. Aaron weigerte sich, es anzuschauen, und Tara nannte ihn einen Feigling, und unterstellte ihm, dass er vor dem davonrennen wollte, was ihnen widerfahren war. Aaron hatte erfolglos versucht zu erklären, dass er keine Angst hatte. Es war eher so, dass er immer schon gewusst hatte, wie viele schlimme Dinge es in der Welt gibt, und die einzige Art zu überleben bestand darin, seine Augen zu trainieren, das Schöne zu erkennen und standhaft dabei zu bleiben. Egal, was dich aus dem Schattenreich ruft, du musst dir aussuchen, was du dir erlaubst anzusehen.

Jetzt sitzt er allein in dem schaukelnden Boot, und beobachtet die Sonne, wie sie ihr Feuer auf den Horizont gießt, und es ist so, als hätte die Hölle ihren Schlund geöffnet und all ihren Schrecken verschüttet. Er kann nirgends mehr hinsehen, ohne sie zu sehen: Tara, leidend, Tara, verängstigt, Tara, abgemagert und völlig gebrochen. Tara, irgendwo, wo es dunkel und kalt ist, verloren, wo er sie niemals wiederfinden kann. Er greift in die Papiertüte auf seinem Schoß und streut eine Handvoll Asche über das Wasser, aber sie verteilt sich nicht dorthin, wo sie soll; sie ist schwer und klebrig und bleibt an seinen Händen haften. Tara beim Abendessen, ihr Haar fällt schwer auf ihre Schultern. Tara, wie sie sich nach ihm umdreht und den Pier hinunterläuft. Ein Windstoß bläst ihm die Asche ins Gesicht, und sein Mund schmeckt nach Metall und Knochenkohle. Tara, wimmernd. Tara, blutend. Tara, sterbend, durch seine Hand. Tara ist nirgends, wo er sie nicht sieht. Tara, tanzend. Tara, lachend. Tara lässt die Großschot heraus, damit das Segel ihres Bootes den Wind einfängt und sie auf die See hinausträgt.

MILKWISHES

Milkwishes war schon viele Jahre tot, als Ryan bemerkte, dass er ihren Namen vergessen hatte. Das war im Juni, als er zum 67. Geburtstag seiner Mutter nach Hause reiste. Er saß ganz vertraut mit ihr auf der Veranda, und sie redeten gerade darüber, dass sie wirklich etwas gegen das Unkraut unternehmen müssten, als Ryan den Löwenzahn zu seinen Füßen entdeckte, der zu früh weiß geworden war. Er pflückte ihn, und wie immer, wenn er an Löwenzahn dachte, hatte er plötzlich Milkwishes vor Augen – ihr goldweiß schimmerndes Haar, der weiße Fleck, der sich über ihre hellblauen Augen ergoss, die Lippen wie zum Kussmund geöffnet. Ohne groß darüber nachzudenken, pustete er die Sporen in die warme Abendluft, und dann, vielleicht weil er zu Hause war, oder weil seine Mutter jetzt auf die siebzig zuging, oder weil sein Vater im Winter zuvor verstorben war, oder weil ihn die Melancholie hartnäckiger als all die Jahre zuvor überkam, ließ er seinen Gedanken eine halbe Sekunde länger freien Lauf, als er sich das sonst mit der Erinnerung an Milkwishes erlaubt hätte – lange genug, um festzustellen, dass sie in seinem Kopf nur noch Milkwishes hieß, was natürlich nicht ihr richtiger Name war.

»Wie hieß noch mal das blonde Mädchen, das hier in der Nachbarschaft gewohnt hat, als ich klein war?«

»Du meine Güte«, antwortete seine Mutter. »Das ist so lange her. Ich habe keine Ahnung. Wie kommst du denn darauf?«

»Ach, einfach so«, entgegnete Ryan. »Sie hat Löwenzahn immer ›Milkwishes‹ genannt, und wenn ich Löwenzahn sehe, muss ich an sie denken.«

»Das ist ja witzig«, sagte Ryans Mutter. »Ich kann mich gut daran erinnern, wie du das immer gesagt hast – alle Kinder haben das einen Sommer lang gesagt. Aber ich bin gar nicht auf die Idee gekommen, dass jemand Bestimmtes sich das ausgedacht hätte.« Ihr Mund bewegte sich auf die Art nach unten, dass Ryan wusste, sie würde jetzt etwas sehr Schlaues von sich geben. »Ich dachte, das war einfach nur eines von diesen Wörtern, das bei euch Kindern in Mode war und plötzlich überall in der Nachbarschaft herumschwirrte ... «

Sie machte eine winzige Pause, um ihm die Gelegenheit zu geben, ihren Satz zu beenden. Er machte aber keine Anstalten dazu, also sprach sie es für ihn aus. Wie Löwenzahn.

An diesem Abend ging Ryan allein auf der Wiese hinter dem Elternhaus spazieren. Er hatte seiner Mutter gesagt, dass er seine Freundin anrufen wollte, obwohl Chloé vor einer Woche aus ihrer gemeinsamen Wohnung ausgezogen war. Seine Mutter hatte Chloé so sehr gemocht, dass er sich einreden konnte, er täte ihr einen Gefallen damit, bis nach dem Geburtstagswochenende damit zu warten, von dem Beziehungsende zu erzählen, aber insgeheim wusste er, dass die Geburtstagsbegeisterung seiner Mutter von so etwas Unwichtigem wie dem Ende einer weiteren, nur ein Jahr dauernden Beziehung nicht getrübt werden könnte. Seit jeher wurde der Geburtstag seiner Mutter mit ähnlichem Pomp gewürdigt wie sein eigener; erst in der Highschool bemerkte Ryan, dass die Eltern anderer Kinder ihre Geburtstage generell zurückhaltender feierten und die Geburtstage ihrer Kinder in den Mittelpunkt rückten. Tatsächlich hatte Ryan als kleiner Junge die Entscheidung seines Vaters, dessen Geburtstag einzig damit zu begehen, sich eine Krawatte umzubinden, sich dazu eine hastig gebastelte Karte überreichen und einen noch hastigeren Kuss auf die Wange drücken zu lassen, als recht merkwürdiges Verhalten interpretiert, als einen Teil der Schüchternheit, die ihn ein Stück weit immer als den Außenseiter hatte wirken lassen, zu dem er bei einer Ansammlung von mehr als zwei Leuten wurde – so auch in seiner eigenen kleinen Familie.

Aber jetzt bestanden die McCormicks nur noch aus zwei Personen, was bedeutete, dass die Verantwortung, den Geburtstag seiner Mutter gebührend zu feiern, ausschließlich auf Ryans

Schultern ruhte. Er wusste tief in seinem Inneren, dass er sie nicht ihretwegen angelogen hatte, sondern weil er den Ausdruck des Mitleids nicht ertrug, der sich über ihr Gesicht legen würde, kurz bevor sie sich wieder fangen und es sich in eine Maske unumwundener Unterstützung verwandeln würde. Er konnte sich ihren Gesichtsausdruck so gut vorstellen, dass sie ihn nicht einmal aufsetzen musste, er ärgerte sich auch so schon darüber und fühlte sich davon bedrängt, weshalb er viel länger als einen Telefonanruf lang über die dunkle Wiese stapfte, trotz der Feuchtigkeit, die seine Schuhe hinaufdampfte. Die Sonne war bereits untergegangen, als er den Brunnen erreicht hatte, und erst als er sich an dessen Rand setzte, wusste er, dass er sein eigentliches Ziel gewesen war.

Das Abendlicht war fast verschwunden, aber es war gerade noch hell genug, um zu erkennen, dass der Löwenzahn in seiner Reichweite ein leuchtendes Gelb trug und noch keine Samen gebildet hatte. Die Frage um Milkwishes nagte noch an ihm – nachdem seine Mutter ihren

Kommentar abgegeben hatte, hatte Ryan gegen den Impuls angekämpft, ihr zu erklären, dass sie unrecht hatte, dass das Wort »Milkwishes« nicht nur ein Modewort unter ihnen Kindern gewesen war. Milkwishes – wie auch immer ihr echter Name lautete – hatte Milkwishes erfunden, da war er sich absolut sicher.

In einem Anflug von Überraschung stellte er fest, dass er seit seinem sechsten Lebensjahr, wenn zwar nicht jeden Tag, so doch aber mindestens einmal die Woche an Milkwishes gedacht hatte – nicht explizit, aber in dieser Art Flashback, mit dem er ihr Bild vor Augen hatte, das blonde Mädchen mit dem vernarbten Auge, das seine Lippen spitzt, um die weißen Samen fortzublasen. Er sah ihr Gesicht nicht nur vor sich, wenn er an Löwenzahn dachte, sondern immer auch bei dem Wort Wunsch, und er hatte sogar eine vage, aber doch eindeutige Erinnerung an sie, als er vor ein paar Wochen versehentlich einen Kanister Milch verschüttet hatte und sah, wie sich die weiße Lache auf den Fliesen ausbreitete, und wie er untätig darüber nachdachte, Chloé zu erzählen, dass ein Mädchen in der Nachbarschaft, das gestorben war, Löwenzahn immer Milkwishes genannt hatte – nicht aus irgendeinem besonderen Grund, sondern einfach nur, um sich zu unterhalten, während sie den Boden wischten. Dieses Bild war ein winziges Fragment seiner Kindheit, das sich in seiner Erinnerung verheddert hatte und in einer Assoziationskette festhing wie eine Klette, die sich an seinem Hosenbein verfing und unbemerkt mit ihm bis ins Erwachsenenalter gelangte, während so viele Dinge, die er sich hatte bewahren wollen, verloren gegangen waren.

Er riss einen Löwenzahn ab, rieb ihn zwischen den Fingern und zerdrückte ihn, um den eigenartig sauren Geruch freizusetzen. Wie ein kleines Gedicht, wirklich, Milkwishes. Wishes, weil man sich was wünschen kann, wenn man die Sporen wegpustet, und Milk, weil sie weiß waren wie Milch. Eine kleine Blüte kindlicher Kreativität, die es verdient hatte, seiner Erfinderin zugeordnet und nicht als irgendein Modewort abgestempelt zu werden. Außer vielleicht …

war er sich absolut sicher, dass er auf dem langen
Weg von seiner Kindheit bis ins Hier und Jetzt
nicht irgendetwas durcheinandergebracht hatte?
Wenn er seine Erinnerung überdachte, war es da
nicht möglich, dass er das Mädchen, das er Milkwishes nannte, so stark mit dem Wort in Verbindung brachte, nicht, weil sie das Wort erfunden
hatte, sondern weil sie dieses versehrte, weiß-
vernarbte Auge hatte, das ein Erwachsener vielleicht mal als »milchig« bezeichnet hatte, und
ihr helles Haar, das von der Farbe zwischen dem
Gold der Löwenzahn-Blütenblätter und dem
Weiß der Samen changierte? Und Wünsche, er
tastete in seinem Kopf nach dem Grund, warum
er Milkwishes mit Wünschen in Verbindung gebracht haben könnte, und fast hatte er den Gedanken, doch er entglitt ihm wieder. Stattdessen
bemerkte er, wie er an ein anderes Versatzstück
seiner Erinnerung dachte – ein Mädchen aus seiner Nachbarschaft, das gestorben war. Nicht nur
gestorben. Ertrunken.

Milkwishes war ertrunken. Ihr Ertrinken war ein
wesentlicher Bestandteil der Erinnerung; er war

sich dessen so gewiss, als ob die Worte auf die Rückseite einer Fotografie des sonnenverwöhnten Mädchens gekritzelt worden wären, die er die ganze Zeit mit sich herumgetragen hätte, ein Bild, das er kaum hatte umdrehen wollen. Aber jetzt wurde ihm klar, dass er sich in den vergangenen zwanzig Jahren nie die Mühe gemacht hatte, diese vage Empfindung zu korrigieren, die sicherlich nur auf einer Mischung aus kindlicher Vorstellungskraft und Verwirrung darüber beruhte, dass sie genau hier in dem Brunnen ertrunken war.

Seine Mutter lag schon im Bett, als er nach Hause kam. Sie war noch wach und würde es vermutlich auch noch die nächsten Stunden sein – es war erst kurz nach neun, und er sah den Lichtstreifen unter ihrer Tür, aber er vermied es, um diese Zeit mit ihr zu sprechen, denn, um es ganz deutlich zu sagen, sie trank sich jeden Abend in den Schlaf, und es regte ihn auf zu hören, wie sie die Worte in ihrem Mund hin- und herschob, ihre Gefühle wilder und gröber, als sie es tagsüber waren. Seine Großmutter mütterlicherseits war ganz genau so gewesen, außer dass sie Sherry getrunken hatte und nicht Rum. Der Fluch des Alkoholismus, der auf seiner Familie lag, schien ihm seltsamerweise harmlos, seine Kraft schwer einzuschätzen. Schließlich zeigte der nächtliche Alkoholismus seiner Mutter keine offensichtlichen negativen Folgen: Quickfidel tauchte sie jeden Morgen um sieben wieder auf, um dann nachmittags ins Fitnessstudio zu radeln. Auf ähnliche Weise war seine Großmutter bis zu ihrem Tod weitestgehend gesund geblieben, sie starb mit 89 Jahren an Alzheimer, und während ihre kognitiven Fähigkeiten mehr und mehr nachließen, nahm sie ihr Betthupferl, ein Glas Sherry, zu immer früherer Stunde ein. Als sie in ein Pflegeheim gezogen war, war sie bereits in dem Stadium, dass sie jeden Tag bewusstlos vor Trunkenheit in ihrem Liegestuhl lag, noch bevor die Sonne unterging.

Natürlich war er sich der Ironie der Situation – seine Gedankengänge in Kombination mit dem, was er gerade tat – vollkommen bewusst, während er sich einen harten Whiskey einschenkte und das knackende Geräusch der Eiswürfel genoss, die sich ausdehnten und gegen das Glas klirrten. Und schon war es wieder da – ein Bild, in Erinnerungen verheddert. Immer, wenn er sich vorm Zubettgehen einen Whiskey einschenkte, hatte er seine Großmutter vor Augen, das hieß also, fast jeden Abend. Nur dass es nicht ganz seine Großmutter war – er sah vielmehr seine Mutter, deren Gesicht unscharf den Körper seiner Großmutter überlagerte, und wie sie sich auf ihrem blauen Ruhesessel ausstreckte, aber dieses Großmutter-Bild hatte etwas … von einer Leiche, weshalb es irgendwie nur entfernt real wirkte; die Figur in seinem Flashback starb nicht, sie war tot, was bedeutete, dass er sich dieses Bild komplett zusammenfantasiert hatte, weil seine Großmutter in einem Pflegeheim gestorben war und nicht völlig betrunken und mit ausgestreckten Gliedern in ihrem Liegestuhl.

Und es schien ihm – die verschiedenen Schichten dieses Bildes ließen sich viel leichter abziehen als die anderen, kein Zweifel, sie waren so viel frischer in seiner Erinnerung –, dass diese Assoziationskette an einem bestimmten Punkt in Gang gebracht wurde, von einem einzigen, konkreten Gedanken aus: Er goss sich einen Drink ein und dachte an etwas Bitteres und Sarkastisches, im Sinne von, auf dass die Trinkerei uns beide kriegt, bevor der Alzheimer zuschlägt. Und dann, als er sich den nächsten Drink einschenkte, erinnerte er sich an diesen Gedanken, und er würde sich auch am nächsten Abend daran erinnern, und am übernächsten, bis der Gedanke nicht länger in Form von Worten, sondern in einem einzelnen Bild komprimiert war, einer Mischung aus Vorstellungskraft und Wahrheit, das ihm so vertraut vorkam, dass er kaum das hartnäckige Flackern vor seinem inneren Auge wahrnahm.

Also, vielleicht hatte Milkwishes »Milkwishes« gar nicht erfunden. Er könnte sich auch getäuscht haben, genauso wie er sich definitiv in seinem unheimlichen Kindheitsglauben getäuscht haben musste, dass sie in dem Brunnen auf ihrem Grundstück ertrunken war. Glauben war tatsächlich ein zu starkes Wort dafür; es war einfach nur eine weitere Assoziationskette; das Bild des Steins war subtil in den Hintergrund seines inneren Bildes des kleinen Mädchens gerückt, das sich etwas wünschte. Er war als Kind ständig vor dem Brunnen gewarnt worden, aber nur auf jene allgemeine Art, in der man ihn auch vor dem Spielen mit Streichhölzern gewarnt hatte oder vor dem Kanufahren ohne Schwimmweste; die Warnungen waren nicht begleitet von der schrecklichen Dringlichkeit, die sie sicher angenommen hätten, wenn tatsächlich ein Kind dort gestorben wäre. Darüber hinaus, wenn wirklich jemand auf ihrem Gelände ertrunken wäre, hätten seine Eltern das sicherlich in den nachfolgenden Jahrzehnten irgendwann einmal in einem ihrer Gespräche thematisiert; sie neigten zwar dazu, unangenehme Dinge auszublenden, aber gewiss nicht in dem Ausmaß.

Also – erfunden. Aber wenn Milkwishes nicht in dem Brunnen ertrunken war, wie war sie dann gestorben? Und wie zur Hölle lautete ihr Name? Er dachte – auch wenn er jetzt das Stadium jeder Zurechnungsfähigkeit hinter sich gelassen hatte –, dass ein Gefühl von Ferne in seine Erinnerung implementiert war, dass sie vielleicht ... im Urlaub war ... weit weg ... an der See war, als sie ertrank, oder irgend so etwas, weshalb er sich nur an den bloßen Fakt ihres Todes erinnern konnte, aber an nichts weiteres, keine Beerdigung oder schwarz gekleidete Menschen oder ... auch nur irgendwas, außer an die banale Endgültigkeit ihres Todes.

Ryan leerte seinen Whiskey und schenkte sich noch einen ein, obwohl er, zumindest bis zum Beziehungsende mit Chloé, versucht hatte, sich auf einen Drink pro Abend zu beschränken. Es war seltsam, nicht wahr, dass seine Mutter gar nichts zu Milkwishes' Ertrinken gesagt hatte; seltsam, dass seine Mutter sich nicht an Milkwishes erinnern konnte, obwohl man doch annehmen musste, dass sich der Tod eines Kindes im Alter ihres eigenen Sohnes in ihr Gedächtnis eingebrannt hätte. Sogar wenn Milkwishes irgendwo in weiter Ferne ertrunken wäre, musste seine Mutter ihre Mutter gekannt haben, und sicherlich hätten die Auswirkungen der Tragödie sich durch die gesamte Nachbarschaft gewunden; es war schon bizarr genug, dass er selbst ihren Namen vergessen hatte, aber er hatte eine Entschuldigung, er war noch so jung gewesen, vier oder vielleicht höchstens fünf Jahre alt, wie konnte sie so etwas Schreckliches nur vergessen?

Mit diesem letzten Gedanken begann er die Wirkung der Drinks zu spüren; er wurde melodramatisch und düster und hätte sich einfach schlafen legen sollen. Aber wie ein Kind widersetzte er sich hartnäckig der eigenen Erschöpfung. Er blieb im Wohnzimmer sitzen und trank einen Whiskey nach dem anderen und dachte an Milkwishes – was war mit ihr passiert, wie zur Hölle war ihr Name, und mit seinem Kopf stieß er immer wieder gegen die unverbrüchliche Mauer seiner Kindheitsamnesie, bis er sich nicht nur mental, sondern auch körperlich völlig wund fühlte. Als die Sonne aufging, war er restlos betrunken und unfassbar wütend, und zugleich wusste er, dass wenn er nicht aufstehen und zu Bett gehen würde, seine Mutter ihn in ein paar Stunden finden würde, bewusstlos im Stuhl seines Vaters, und selbst wenn er es die Treppen hinauf in sein Zimmer schaffen würde, war es schon so spät und er schon so voll, dass er garantiert zu fertig und verkatert sein würde, als dass er das Geburtstagswochenende seiner Mutter mit dem Enthusiasmus würdigen könnte, den sie verdiente. Es würde ihr sicherlich das Herz brechen, aber sie würde ihre Enttäuschung verbergen und so tun, als würde sie alles genießen, um seinetwillen, und es machte ihn fuchsteufelswild, dass sie ihn dermaßen wie ein Kind behandelte, dass sie dachte, sie müsste ihn sogar vor ihrer Enttäuschung schützen. »Geh ins Bett, Ryan«, sagte er mit der strengen Stimme seines Vaters zu sich selbst; aber die Ermahnung zeigte keine Wirkung; er verfiel in tiefes Selbstmitleid, so tief wie der Brunnen, in dem Milkwishes ertrunken sein musste: Sein Vater war tot, und es gab nur sie beide, ihn und seine Mutter und ihre schrecklichen Erinnerungen, und sie würden noch wer weiß wie viele Geburtstage miteinander verbringen, in denen sie so tun würden, als wären sie nicht voneinander gekränkt, sie würden schön nebeneinander auf der Veranda sitzen und langsam immer betrunkener werden, dem Unkraut beim Wachsen und Wuchern zuschauen, während sie darauf warteten, dass das Monster des Vergessens sie verschlang.

Am späten Morgen kam seine Mutter die Treppen herunter und bereitete sich ihr Geburtstagsfrühstück selbst zu, der Duft von Ahornsirup verteilte sich im ganzen Haus. Er erwachte sofort von dem Scheppern der Töpfe und Pfannen, aber er öffnete seine Augen nicht, bis sie mit einem Teller Pancakes vor seiner Nase wedelte.

»Guten Morgen, Schlafmütze!«, sagte sie strahlend. »Ich dachte, wir essen auf der Veranda, es ist so schön draußen.«

»Klar, Mama«, sagte er, während sein Kopf dröhnte, sein Magen sich zusammenzog und seine Augen noch verkrustet vom Schlaf waren. Er half ihr, alles hinauszutragen, und sie machten es sich auf den Stufen bequem, die Kaffeetassen neben sich, die Teller auf dem Schoss balancierend.

»Oh!«, sagte seine Mutter. »Mir ist vorm Einschlafen der Name von dem kleinen Mädchen eingefallen, von dem wir gestern gesprochen haben. Das Nachbarskind. Ihr Name war Margaret. Margaret Allister.«

»Das ist doch nicht dein Ernst?«, entgegnete Ryan brüsk. »Margaret Allister ist hier nicht hergezogen, bis ich ungefähr zwölf war. Sie ist nicht tot. Wir sind auf Facebook befreundet. Sie lebt in Alameda.«

Seine Mutter zuckte angesichts seiner unerwarteten Schroffheit zusammen, aber sie überspielte es mit einem Lächeln. »Niemand aus unserer Nachbarschaft ist gestorben. Zumindest niemand, mit dem du gespielt hast. Claire Doughertys Sohn starb bei einem Autounfall, aber er war jünger als du – ich glaube, du warst zu der Zeit schon im College.«

»Mama«, sagte Ryan nachdrücklich. »Ich rede nicht von Claire Doughertys Sohn, und ich rede auch nicht von Margaret Allister. Ich rede von dem kleinen Mädchen, das gestorben ist, als ich so ungefähr fünf war. Sie hatte ganz hellblonde Haare und eine Narbe an ihrem Auge von irgendeinem Unfall, und sie ist während eines Urlaubs ertrunken. Erinnerst du dich?«

»Oh, das Mädchen!«, sagte seine Mutter. »Du meine Güte, ich kann nicht glauben, dass du dich daran erinnerst. Aber nein, du kanntest sie gar nicht. Du denkst an Papas Freundin, das Mädchen mit den blonden Haaren und der Narbe. Sie starb, als er klein war, sie ist in einem Brunnen ertrunken.«

»Nein«, sagte Ryan. »Du irrst dich. Ist sie nicht.«

»Du irrst dich, kleiner Schlaufuchs«, sagte seine Mutter ruhig. »Das war definitiv sie. Als du im Kindergarten warst, wolltest du alles über sie wissen und hast all diese Fragen gestellt. Du hast dich geweigert, uns zu glauben, dass sie nicht wiederkommen würde, wenn du es dir nur doll genug wünschen würdest – ich kann mich daran erinnern, dass du dir das zu deinem fünften Geburtstag gewünscht hast, dass Papas Freundin wieder lebendig wird, du hast immer Papas Kleingeld stibitzt und die Münzen in den Brunnen geworfen, um dir etwas zu wünschen.

Vielleicht hast du dir das auch gewünscht, wenn du die Sporen vom Löwenzahn gepustet hast, auch wenn ich mich jetzt nicht direkt daran erinnern kann. Ich glaube, du hast gedacht, Papa wäre viel trauriger, als er tatsächlich war, oder vielleicht hast du damit auch einfach nur den Tod an sich entdeckt. Um ehrlich zu sein, hat es uns völlig fertig gemacht, wie viel du davon gesprochen hast … aber dann wurdest du älter, und ich dachte, du hättest all das vergessen, weil du es seitdem nie wieder erwähnt hast. Mein Gott, das ist schon so lange her.«

»Habe ich jemals ein Bild von ihr gesehen? Von dem Mädchen, das ertrunken ist?«, fragte Ryan, plötzlich ganz still geworden.

Seine Mutter schüttelte den Kopf und erwiderte: »Nein, ich glaube nicht. Ich kann mir nicht vorstellen, wo.«

»Ich kann mich trotzdem an sie erinnern. Ich habe ihr Gesicht vor Augen.«

»Ich denke, du wirst dir das zusammengereimt haben aus dem, was Papa dir erzählt hat. Das blonde Haar, die Narbe – er war immer so ein guter Geschichtenerzähler, mit einem exzellenten Sinn fürs Detail. Und jetzt kommt es dir so vor, als könntest du dich an sie erinnern.«

»Und kanntest du ihren Namen?«

»Meine Güte, nein. Jetzt fällt er mir nicht mehr ein, wenn ich ihn überhaupt je gewusst habe. Ich habe sie immer als Papas Freundin abgespeichert, und ich dachte, du auch. Es ist schon seltsam, wie das Gehirn funktioniert, nicht?«

Die Frage schwebte in der Luft, aber er ließ sie unbeantwortet fortdriften, weil er wie hypnotisiert an Milkwishes dachte, an ihr sonnenverwöhntes Gesicht, das milchige Auge, die gespitzten Lippen, das helle Haar, das ihr sachte auf die Schultern fiel; ein Gesicht, das ihm so echt vorkam wie all die anderen Erinnerungen seiner Kindheit – und doch beobachtete er, wie es sich auflöste, langsam in einzelne Partien zerfiel und in die Ferne schwebte, wie die Samen eines Löwenzahns, fortgetragen vom Wind.